JN192554

歌集

羅針盤

本川克幸

砂子屋書房

*目　次

二〇一五年

二〇一六年

装本・倉本　修

歌集　羅針盤

二〇一二年

飛んでゆけ

山頂も白くなるらんサーカスが帰り支度を始める頃は

さびしさを徹底的に排除して残りたる一本の向日葵

夕焼けに上から蓋をするような雲がひろがり葉月は暮れぬ

木洩れ日に腕を伸ばせば人生のごとしもところどころ明るし

とおり雨過ぎて大地が一斉に匂いたちたり収穫ののち

踏みしめる落葉をたんと用意せよ社へつづく一本道に

ほおの木はしずかに立てり境内で遊ぶ子供も少なくなりて

ピアノありこまっちゃくれた顔をして弾いていた子は東京におり

秋の日の言葉を包む封筒に百舌の切手を貼る「飛んでゆけ」

鏡のなか

海鳥に呑み込まれたる魚が見るやわらかに曲がる細きくらやみ

合わせれば孤独も少しやわらぎぬ右手のゆびと左手のゆび

水夫長！　いそげやいそげ秋が帆を南へ押しているではないか

東洋の果てなる国の北側の角地のような岬におりぬ

あかつきを遮るためにカーテンを引けば刃（やいば）のごとき音せり

歯みがきの薄きチューブが倒れたり鏡のなかに身を映しつつ

蔵書印とびらのなかに押されおり葉に隠れたる螢のように

つまるところ、　いくじがないということの言い訳をして切手を貼りぬ

午後八時こんからこんと鐘の鳴る街におり何故鳴るかは知らず

もう眠る時刻となりぬ長針が今日を終えるまであと九十度

二〇一三年

愛に似たもの

くすくすと葉擦れ聞こゆる山法師きっと午後には夕立が来る

神さまのおらぬ月なりこっそりと古き手紙も燃してしまえり

本棚は左右に並び日曜のオフィス街のようなしずけさ

一度くらい勝負してみよ秋晴れに絶叫マシンが急降下する

便箋をひらけばわれに届きたるほんの少しの愛に似たもの

月の照る群青色の空を見つ厨の水が少し冷たし

公印の朱く押されし書状見つ振りおろされるものみな重し

なか空に微かな声を聴くごとし日暮れて雨は雪へとかわる

雪の夜に眼(まなこ)ひらきて並びおり池のかたえの白鳥ボート

時計台前を過ぎれば巨大なるスノードームのような街の灯

おとこゆえ宝石箱を持たざれど金のきらきら銀のきらきら

雪はまだ平野に降らず霜月の濡れたる窓に聴く三拍子

地に降りて水へと戻る束の間の白きひかりを「雪」と呼び合う

堤防に雪は積もれり春までは誰も踏まない長き白線

しろがねの月には雪が降らねども雪のあかりは月に向きたり

海鳥の名

眼の乾く朝（あした）　人工衛星は軌道を逸れて海へゆくらし

凍りつくポプラも樹氷にならぬ木もしんと静まる朝焼けである

ゆえもなく日ごと眺める向う岸セメント工場から月が出る

硝子張りのビルの扉が開きたり凍れる湖(うみ)の面のごとく

バンドネオン奏者がふいに手を止めて「ようこそ！」と言いまた弾き始む

湖（うみ）の辺に小さき村あり東京に高き塔あり青ふかきいずれ

今生に月見る数は知らねども夜気に冷えたる千手観音

うれしげに海へ下ってゆく風やビールの缶を転がしながら

さわさわと水音のする山あいに岩波文庫を置き忘れたり

コンパスで描いた円の真ん中に北極星のような穴見ゆ

海鳥の名を知らぬゆえ「聞いてくれ、鳥よ」と語りかけるほかなし

水蒸気の凍ったものが降りそそぐただそれだけの枝に白梅

言葉とはしずかに置いてゆくものと思えどふいに燃ゆることあり

息の緒の絶えて立たちるオルガンやどこを押しても音は鳴らざり

偽名

幸福も不幸も流れゆく海にまだ行き合わぬ舟と鯨よ

雪が過ぎ立春が過ぎきさらぎの矢庭に雨の降る朝が過ぎ

偽名もて孤独なる詩を書きおれば山の大蛇（おろち）が迫ってくるぞ

本物の空見ゆ東池袋プラネタリウム「満点」の帰路

東京国立博物館の階段の明るきところ　現在(いま)の陽だまり

夕凪や　差別用語と蔑されて消えし言葉の行方は知れず

裏庭に呪文のような花植えぬグラジオラスやエゾスカシユリ

早春の空気を入れて膨らます身体のなかの風船ふたつ

憂きことの絶え間なく来る世におれどキュキュッキュキュッとそらまめが咲く

しろがねの円を描けりフィレンツェの靴職人の指のゆびぬき

液晶に世界地図見ゆ遠けれどベイカー街は雨になるらし

さびしけれ渦に巻かれてゆく星も渦巻（うずまき）銀河を離るる星も

一さいは過ぎて行きます一さいは過ぎてゆきます　がらんどうなり

小手毬は咲いたでしょうか　まだ此処は斑に雪が残っています

まわる夢

鈴蘭がちろちろちろちろと咲き並ぶ地上十センチのほのあかり

夕焼けの見える浜辺へ抱えゆくフリューゲルホルンに翼があれば

うす暗き林の奥に中世の騎士団のごとく片栗が群る

うら寂しい夜には本をひらきましょう世界装飾図Ⅰ巻Ⅱ巻

点滴の眠りに融けているときもまわる夢まわる日時計の影

裏庭のつんつくてんの葱ぼうず月のあかりをよろこぶらしも

てのひらにひろがるひかり　ゆめですか　あなたに空はみえていますか

はつなつの空を記せば罫線をはみ出している「光」の文字(もんじ)

てのひらの銀の硬貨のうらおもて星をゆめゆめ信ずるなかれ

切れ目なく防潮堤のめぐる島スメルジャコフの素顔のように

静止する鯨のような雲のあり時間とは見えぬ海かもしれず

森林を大き脳(なずき)と思うとき一樹にひとつ記憶のかけら

天空は青いちめんのスクリーン鷗よわが胸を刺しに来よ

つり鐘の内部のようなゆうやみにぽとりと雨が落ちてきました

鉢の上にブーゲンビリアの苞落ちぬ思慕燃え残るごときむらさき

馬だけが残ってしまった

艪で進む舟ありしころ運河にはぎいこぎいこと音がしたとさ

太古より火を使い道具を使い言葉を使い嘘を使い

帽子屋の帽子のなかの暗がりのどれかひとつに出口あるらし

僧ひとり月へと向かう日のあらば抱えてゆくのだろうか木魚

縄ばしご降りて来ぬかと見上げてもつーんと天空まで何もなし

呼ぶ声が小さな水面のうえを抜け呼ばるる声となりて届きぬ

そのむかし黒き電話のありしこと声は尊きものなりしこと

さびしさの極みに森で出会うもの　喰うても大蛇（おろち）喰われても大蛇

馬だけが残ってしまった地のごとく霧のなか草原は沈めり

灯台

善と悪が戦い続ける物語読みつつ暮れてゆく半夏生

ゴンドラが橋を潜ってゆくようにさつきみなづきふみづきはづき

再会を願う手紙も書かぬまま心地よくまた夏がすり抜ける

灯台を過ぎてフェリーが島に着く　きっとここが帰る場所だよ

昼休みうたた寝をするビル街に虹を挿したる者名乗り出よ

はるかなる手紙に記す空のいろ空のいろはるかなる手紙に

知られずに時間の過ぎる茶房ありしまふくろうの巣穴のように

古き世に何があったか知らねども土偶の口がひらいておりぬ

一の沢二の沢越えて国道をまがれば咲いている蕎麦の花

君が好きな樹木のことを訊ねたし彫刻刀で雨を描くひと

晩夏より湖（うみ）のいろ濃しベルリンで貨車に積まれた絵具のように

二〇一四年

羅針盤

港口を出れば電波が薄くなる　もう届かない君のツイート

ただ青き海原が見ゆせめぎ合う領海線のあちらとこちら

弾薬も人も消耗されてゆく船のベッドに眠る（寒いよ）

大時化をしのいだ後の海に飛ぶ鳥よおまえも此処にいたのか

最新鋭の巡視船です（大海に浮かべばしょせん金属の箱）

「飛び乗って取り抑えよ」と指示を出すとりもなおさずわれの声音で

陸岸のかたちを指でなぞるとき仄あたたかきレーダー画面

本当は誰かが縋っていた筈の救命浮環を拾い上げたり

海鳴りにひれ伏しながら眠る夜に回り続けている羅針盤

会いたさを持て余したる冬の朝　海、空、太陽、他に何もない

沈みゆく舟が底（そこい）に刺さるまで何もできずにいたことがある

衝撃を受けつつ越ゆる海峡の六メートルの波、けわしいね

こわれても修理をすればよい船とこわれたままで働く心

またひとり海に死にたりわれはまだ中途半端な生を抱えつ

君のいる街が遠くに見えている雪のなか君の街がとおくに

緊急の指令を受けて走らせる主機関の音、人の声、声

「強速」と指示するたびに弱まってゆく心臓をたしかめている

右腿のケースに銃を差し入れて「彼ら」と呼ばれているそのひとり

追いかけていた筈の風ふりむけばわれは夕陽に繋がれており

もう一度わたしに会ってくれますか　甲板上に雪は積もれり

水鳥のはがき

僕たちは大きな船を漕いでいる凍えるほどの夢を待ちつつ

あの頃を取り戻すにはどうすればよいのでしょうね電信柱

ソレントの海を見おろす丘の上に甘い檸檬の木があるらしも

赤に賭けても黒に賭けても結局は波止場に着くと思い至りぬ

もうこれで最後だろうか夕焼けのぎんなん通りでバスを待ちおり

喪の夕べ遺跡のような空間に円を描きて皆が座りぬ

物知りのお文さんから聞きしこと天へ舞い上がるときの掛け声

海の上に凱旋門のごとく立つ虹　透明にくずおれてゆく

水鳥のはがきを胸のポケットに入れて歩めり濡れた坂道

枯れている時間のほうが長い葉のさらさら落ちてゆく音のなか

君のいないソファーの上にぽっかりとなみだぶくろのような陽だまり

はるか昔つよき男がかぶりたる黒のフリジア帽子はいずこ

もう君に届いただろう一輪の野菊のことを書いた葉書は

これ以上東はないという街で荷をほどくとき少し明るむ

夕焼けがこわいのですか

思うままこの草原を駆けてみよ砂漠で鍛えられた馬たち

醒めてゆく途中のごとき紫のエゾトリカブト、エゾトリカブト

逃避する水路をすでに持たざれば溢れ続けているわれは壺

町はさぞ寒いでしょうと胡蝶蘭、貨車のなかにて囁き合えり

かたまりのような記憶が消えており確かに咲いていた寒椿

冷えた空きっと見上げているだろう　いま雪原のようにあなたは

本当に全ての声を聞きたいか　屋根に立ちたるパラボラアンテナ

十二月、とりどりの珠ぶらさがり林檎園みたいだよね都会は

木箱から取り出しているいにしえの草書、相聞、底はぬかるみ

四頭の馬の右から二番目は瞳がすこし濡れていました

夕焼けがこわいのですか夕焼けを見ていることがこわいのですか

片方の羽だけ水に浸したる鷗そのまま冬へ行こうか

押し殺すつもりなのかいいつまでも固く鎖した蕾のなかで

チェロ弾きの空のケースが床にあり舟のように柩のように

月光に晒されながら眠るから骨まで透けてゆくわれを見よ

剥製の鹿

靴音の鳴るたび時が剥がれゆく古書店二階のカフェに着きたり

一瞬だけ掌に見たカプセルは君の身体で融けているらし

ひたひたと時間をかけて浸みてくる毒なのですかその優しさは

傍らの小さな君の向こうでは何か歪んでいる、 火のごとく

ここだけが異界あるいはこの週の日曜日から全てが異界

途切れたる時間のようなマフラーを巻き終うるまで離れて待てり

剝製の鹿の肌(はだえ)に射すひかり死後のからだがまたあたたまる

完璧な舟のかたちで待つような君のなかへと向かう、これから

貝又は砕いた骨の手触りの記憶のなかの腕が抜けない

今という時間はなくて過去という流れもなくて波間のひかり

春になれば大きな海へ行くのかいあんなに寂しい魚だったのに

掌上に薬をひとつのせたまま人に知られぬ冬を思えり

馬に乗る英雄がいた時代にも降っていたのであろう沫雪

すっぽりと包まれており鉄塔の影の長さに冬の長さに

方位磁石

海のある暖かな街だといいね売り払われてまた鳴るピアノ

鳥籠をスケッチブックに描きたりいつまでも鳥のいない鳥籠

観覧車のあかりが消える時刻です星の準備はできていますか

為し遂ぐるべきこと為し遂げられぬこと路肩の雪はゆるらかに消ゆ

まだ冬の風を抱うる港内に浮かび合う白き鳥黒き鳥

聞き続けてくれるでしょうか昨日まで一人であった私について

いつまでも同じ時間の中にある空と湖　裂かないでくれ

いずこにも出口の見えぬ海のうえ方位磁石がぐるぐる回る

どれほどの時間をかけて離れゆく舟か互いに陽(ひ)の方角へ

銀色の鉢に見つけたふたつの芽どちらかが本物のサルビア

雨なれど届きたる手紙を読まずマンモス特別展にも行かず

わるいのは骨の継目のようですね過去と未来が触れ合う箇所の

小さくてかわいらしくて抱きたくて　まだ暗がりを持たぬ生き物

チューリップつらつら咲いてわたくしの悲しみなんか木端微塵だ

二〇一九年の春おわりなき世界が僕のことを忘れる

明け方の冷えた身体を抱きながら聞いている君の声　まるで雪

人喰い鮫

隙間から波音ほそく零れたりわれの中にもある杉木立

水玉の服を選んで来た君に明朝体で「おはよう」と言う

てのひらを写真にかざす中指の爪のあたりがマッターホルン

「しあわせの石」と名付けて売られたる石に願ってしまう幸せ

新宿のあちらとこちらに隔たれて容赦なく声だけが繋がる

指先に触れないままで踊り合ういつまでも規則正しいワルツ

人間の姿かたちで会えるのは最後でしょうね　春のカフェテリア

しろがねの傘の柄ほそし六月は川を持たない橋ばかりゆく

バルコンの手摺に雨のあたる音、舟の音、貝殻の音、そして

本を読む君の背中でＴシャツの人喰い鮫が時おり笑う

水草のようだね雨の窓際で少し身体を絡ませながら

鉄塔の指したる青き穴、もっと雲の隙間を広げてやろう

言葉さえやがて烟らん弔えば窓から抜けてゆく影ぼうし

その島の向こうに船がいることも知らずに過ぎて夏の鷗は

ひまわりが咲き始めたら

船室の浅き眠りに夢を見き死神の髪がまだ濡れている

ゆるゆるとスクロールされ消えてゆく血の匂なき法のテクスト

さかしまに時は曳かれつ薄曇る鏡のなかの腕と文字盤

ひまわりが咲き始めたらこの旅を終わりにしたくはないか、水夫長

消ゆるとき影の残れり沖合で船から眺めたる遠花火

それぞれの傘のなかから呼び合えば声は濡れつつ耳に届きぬ

改札の小さな声の「さよなら」の語感のような桔梗が咲けり

不自由な丘にも夏がやってきて伸びながら満面のひまわり

よい音が鳴りそうだなと褐色の靴を買いたり落葉踏むため

街灯の連なる果ての闇深し君に出会えたのに地図がない

幾たびも拾わずにいた貝がらのような月見ゆ　肌にふれたし

ひとすじの飛行機雲がゆっくりと雲でなくなるまでの静けさ

君の胸にずっと沈んでいる羽を摑めずにわが指のかたちは

今どこにあるのだろうかシステムが記憶していた筈の浮雲

雨上がりの金属片にうつし見る空、ほんとうの青さのように

二〇一五年

月光の及ばぬ海

気がつけばもうコスモスが咲いていて覆いかぶさる秋が重いよ

鋼鉄の細き廊下の仄暗さ　君の背中をきれぎれに見る

スマートフォンの写真をひとつ削除せり君に送ったひこうき雲の

呑み込んだひとつの言葉　死ぬときは私の身体の中で燃えますか

この場所から逃げることなどできなくて風に揺らいでいる吾亦紅

傍らで黙り続けている君の記憶からわれが消えてしまう日

夕焼けに羽を浸せる水鳥よ夢を持ってもよかったろうに

解かれたる髪の湿りを思いつつ桜もみじの前をとおりぬ

どこからが嘘なのだろうヘッドフォン越しに聞こえてくる風の音

潮鳴りを塗り込むように触れている　無言、芳香、糸切り鋏

（紫陽花も雪積もらせているだろう）背中に白い指がめり込む

遠い国の港の上に月がある初めてひかりを浴びたみたいに

純白のマストは天を指したまま少し疲れたような夕凪

ナナカマドの実を潰しつつ得られないものを静かに諦めてゆく

月光の及ばぬ海に放ちたり　生きている石、死んでいる石

紙ひこうきが風に乗らずに堕ちてゆく　五階の窓辺に指が残りぬ

転調のあと

ねじまげて、ねじまげられて過ぎてゆく　冷たい水の上の時間が

もういちど貝殻の音鳴らそうか　君がひっそり癒ゆるを待てり

冬の日の雲のかたちを見ておりぬ　羊、アルパカ、鮫、夜叉、キメラ

諦めたように手帳が濡れており雪降る路を帰りたるのち

水際で交わっている群れふたつ　陸に棲む鳥、海に棲む鳥

揺れながら海の異形として立てり　寒くなるほど月が近づく

転調のあとのしらべを聴くように何か違っている波の音

「一途」とは同化したいと願うこと夜更け静かに弦をほどきぬ

金属の扉の向こうに闇を見つ　どこまでもどこまでも夜の海

セザンヌがきっと林檎を置くような残照のなか木のテーブルは

いちめんに刃（やいば）のごとく立ち上がる波よ　（もういいからわれを呑め）

青空のおわりを祝う饗宴のように焼けたり西の海面（うなも）は

やわらかく薄明となる森のなか聞こゆる風は呪詛かもしれず

雪の夜の鉄塔がもつ冷たさを確かむるため坂をのぼりぬ

また会えますか

紺色のブーツを雪に湿らせて君が待ちおりカフェの店先

昇りゆくエレベーターで一日を小雪のように君は語れり

やわらかくわが掌に乗りしマフラーの雪の沁みたる仄あたたかさ

雪をのせ廻り続けるレストラン今見えるのが北大あたり

左利きの君がグラスを卓に置くワイン越しにも雪は降りたり

冷えながら街は霞めり窓際の君は菩提樹の形を言いぬ

抜かれたるコルクの文字を見ておりぬ十年のちに会えるだろうか

ゆったりと現(うつつ)に雪は降(お)りてきて窓に灯れる紅き髪飾り

雪の夜に手紙書きつつ思いおり遠くの場所で濡れている島

君と見たアンモナイトの渦巻を辿って行けばまた会えますか

青インクの文字書かれたる便箋の余白に伝う海の冷たさ

ソーヴィニヨン、千代に八千代にピノノワール、シャルドネ、メルロー、
苔のむすまで

船体破損

十二月十七日、暴風と高潮により船体破損

引き波にちりぢりとなり海に消ゆ二十四色入りのクレパス

美しい等圧線だせめてこの風がいつ止むのかを教えよ

少しだけ想像力が負けていた　嵐のあとの水草まみれ

何度でも立ちなおるから何度でも水あふれ来よわれの地上に

この国の陸（おか）

「残雪」を覗き込むとき揺れている君のピアスの鳥と鳥籠

うすら寒き刃の飾られた一室で君のうなじに眼をとめている

松の木が右と左に描かれてとほうに暮れるほど距離がある

埋み火のような夕焼けだったことメールには記さずに発ちたり

この雲は壊れるだろう冷やされた海のおもてに紅ちりばめて

希望とか平和などではなくて　目の前に在るこの国の陸（おか）

霊園のさくら芽吹きぬそれぞれが隠しとおした言葉のごとく

意地悪な神さまひとり氷海の果てに連れ出し置き去りにする

むかしむかし舟が一艘出でしこと正しい歴史には記されず

花の名を呼ぶような嘘まっすぐにわれを見ている君に語りぬ

体内は古き公園　誰もいないベンチに春の雪積もらせて

帽子箱ひとつくらいの陽だまりを鳩がよぎりてまた元どおり

罫線は淡萌黄色おだやかな風の通っている路でした

気付かずにいるふりをしていたけれど何だかとても月が細いね

水夫長！

いま生きていられることが美しくいま生きて咲く庭の白梅

春遠き空見上げたり会うために突き破るべき薄鈍の雲

輪郭が薄れてゆくよ夕焼けもあんなに近くに聞こえた声も

目覚めてもまた見ゆる月「現実」と呼びたくはない朝を待ちおり

作り物だらけの街の青空にひょっこり昼の月が見えたり

六本の弦で探りぬ君と見た桜並木に降る雨の音

風吹きてにっちもさっちも行かざれど水夫長！　紅（くれない）の帆を張れ

現実の記憶と混ざり合いながら雨降りやまぬ夢にまだいる

青すぎる空も海面（うなも）も辛かろう伝説でしか飛べない鳥は

存分にわが手を嚙みし夢ののち春の野に横たわるライオン

ほんの少し君が悩んでいることを知りたる文の末尾の「けれど。」

歳月が世界を小さくする不思議　うすむらさきのクロッカス見ゆ

避けられる破滅、避けられない破滅　種がひとつぶ掌に残りたり

未来から辿り着きたる柩のごとく海に浮かんでいる冷蔵庫

春雷の過ぎたる浜の貝がらを月の破片のように拾えり

神の意志とつながる島に実りたるこの世でいちばん好きな野いちご

世界は幻想

まだ冬を終えたばかりの噴水は空っぽで陽が渦巻いている

読みさしのミステリー枕辺に置いて待てども夢に来ぬ黒揚羽

海に近い公園で待つ　木のぼりの親子も見えてこの町の春

木蓮の花を初めて見たという君の時間を分けてもらえり

やがて君が南の島へ帰るころわれはこの樹を見上げるだろう

僕たちは夕焼けを見過ぎたのだろう　壁掛け時計の針が止まれり

命って何色ですか石鹼で洗えば少し色褪せますか

新月はひとりひとりが寂しくて裏庭にひっそりと鈴蘭

それだけの、たったそれだけのことですが、世界は幻想で出来ている

やわらかな絹ずれの音聞き留めぬ出会ってもうじき三年ですね

全方位まどろみ色の海のうえ漕いでも漕いでも辿り着かない

取り乱す　円筒形の花立ての小さな傷が見つからなくて

夕焼けの海は遠くて焼べられた火が眩しくて　もう尽きている

なむじごくだいぼさつ

灯りたる鉄塔ふたつ夢を見てはいけないような時代に立ちて

水辺から君が離れてゆくまでは声を出さずにいる毒うつぼ

紫陽花のひとつひとつを切り落とす　なむじごくだいぼさつなむじごくだいぼさつ

六義園にて歌会

雨の日の心泉亭の一室に魔女がたくさん来るよシンデレラ

プランデルブ

文月の北鎌倉の丘のうえ白くてやわらかな夜が過ぐ

たぶん今は午前二時ころ両脚を引かれ続ける夢を出られぬ

朝焼けのあとの静かな海の上をどう飛ぶべきか決められぬ鳥

すいーっ　すいーっ　〈休憩〉　すいーっ　ただそれだけで泳ぐあめんぼ

肝心なところで「S」が打てなくて送らずにいたメール残りぬ

ひとりきり漕ぐこともなく沖におり流れのなかに舟燃ゆるまで

まわり続けるメリーゴーランドたくさんの淡き「愛してる」に囲まれて

君といるこの場所はどこ　濡れながら傘の柄に映るセンターライン

ひとつだけ仲間はずれの絵のように秋のさくらの樹が艶めきぬ

二〇一六年

海に死ぬ

救えない命を乗せて走る船　分かっているが陸地はとおい

〈海に死ぬ〉インドネシアの青年の瞳はこんなに美しいのに

距離、時間、速力、体温、心拍数　助けられないから助けたい

航空機搭載船に接近すＣＰＲの声聞きながら

パスポートの凛々しき写真　青年を心肺停止のまま見送りぬ

何を憎んでよいか分からず書き留めし紙が飛ばないように貝を置く

繰返し人となるとは思わねど堂々めぐりだね、かたつむり

乗組員それぞれが持つ虚しさよ　一分間の黙禱をせり

静かな場所

二杯目の珈琲　二度目のさよならが湿った喉をとおり声になる

（こんなふうに見るべきじゃない）人ってね以前はもっとやわらかだった

蕾ばかり犇めいている鉢植えのにおいざくらに水を注したり

君が待つ葡萄酒蔵の奥の席　ここならやっと息ができる

坂ひとつ越えたらこんなに静かな場所　エレベーターで星を見にゆく

空見ゆる部屋で繋げたふたつの手　あたためながらあたためられて

明け方のわれの時間を泳ぎたる三十年前のみずすまし

街の灯も部屋のあかりも強すぎてきっと痛んでしまう網膜

青空に似合う雲

止まらない船　弧を描く航跡の真中にひかりのしずく落としぬ

硝煙の匂は此処に届かねど樟で彫られたるマリア

冬の波に吸わるるために降りてくる雪を吸わるるまで見届けぬ

骨だけになってしまった魚たちの集いたる場所ありや　うなぞこ

海に向く小学校の窓ガラス風吹けばぴりぴり鳴っていた

硝子ケースで展示されたる便箋に黒くながるるような念見ゆ

呼び起こす　わがうちにあるすべての邪　雪降り初むる海の出口に

雪ぐもの上のほうには青空に似合う小さな雲があるらし

流氷

神聖な儀式のように珈琲を淹れている朝ゆき降り初むる

冬枯れの木々を抜ければふと戻る意識のごとく湖が見ゆ

港町の末広銀座の二階奥ふるびたバーが僕は好きです

ウイスキーが「ウヰスキー」であった頃の思い出をカウンターで聞いている

フォアローゼズの黒を飲み干す天球のような氷をグラスに残し

十二月の雪がほどよく降る橋を紅き灯火がくぐり抜けたり

一瞬で世界が変わるあやうさを堪え切れずにいるやじろべえ

両の手の節榑立っているところ　いつか誰かに拾わるる骨

冬の部屋にロ短調ミサ響きたり好きなところに行けばいいさ月

燃やしても記憶のなかに蘇る君、道づれに暗い海へゆく

東端の街にさらりと雪が降り更に東の海に陽がのぼる

夕焼けが消えてゆくのを見ておりぬ壊れたアンドロイドのように

雪の絵の切手を貼りて新月の夜のポストに葉書を入れぬ

流氷は夜更けに迫る「水夫長！　まだ立ち上がる力はあるか」

みんな何処へ

木のドアを開ければほどよく暗いＢＡＲ初めて向かい合って座った

タンブラーの氷が溶けて消えている遊覧船はもう来ましたか

われに見えぬ仄あたたかく細き路君はコートに腕をとおしぬ

電飾の青の強さに目を伏せて君の靴音だけ聞き分ける

ほんとうにまた会えるかと問いながらニコライ堂の傍を抜けたり

ゆびさきの微かにふれし感触を持ち帰りたる夜の果樹園

鳥ならばずっと飛ばずに嘴で何かを伝え合っていたいよ

みな何処へ泳ぐのだろう湖に浮かぶ君から離れて浮かぶ

解説

佐伯裕子

二〇一六年三月、本川克幸さんが急逝された。ただ驚くばかりの訃報であった。享年五十一。北海道の根室から、しばしば私どもの歌会に参加してくれていた。短歌作者として大きくなろうとする矢先だったのだ。
本川さんが「未来」に入会して、私の選歌欄「月と鏡集」に投稿して来られたのは二〇一二年のことである。抒情的で軽やかだが、硬質な感じの歌が多かった。遠い北の地から投稿して来られるという以外は、何をされている作者なのか想像がつかなかった。

山頂も白くなるらんサーカスが帰り支度を始める頃は
秋の日の言葉を包む封筒に百舌の切手を貼る「飛んでゆけ」
東洋の果てなる国の北側の角地のような岬におりぬ

三首とも、優しく分かりやすい語句に、愁いのある雰囲気が漂っている。
このように初期の歌には、甘やかなのに淋しい歌が多かった。短歌とは少し異なる音楽性も伝わってきた。好ましい歌だが、焦点がぼんやりしていて摑みどころがない。真剣に伝えたい何かが、「サーカス」や「封筒」「東洋の果て」などに隠されているように思われた。実際、ナイーブな短歌の背後には、もどかしい現実の葛藤が隠されていたのだった。

遺歌集『羅針盤』のほとんどの歌は、二〇一二年から一六年までの「未来」誌上の作品である。掲載された順に従いつつ、いくつかの歌の削除と小タイトルを付す作業は私が行った。表題となった「羅針盤」の一連は、二〇一四年に未来賞に応募された連作である。誌上に載るには至らなかったが、その時はじめて、仕事の歌をリアルに作ったものと思われる。翌年、本川さんは未来年間賞を受賞された。

本川さんが北方の海上巡視船に乗っていると知ったのは、ずいぶん経ってからであった。機密に縛られる仕事である。責任ある立場に疲れ切っている頃だったのかもしれない。現場の葛藤を短歌に表せないもどかしさ。抑制された状況で作られた「羅針盤」は、文体に軽みをもたせつつ、リアルで迫力のある一連となっている。

　最新鋭の巡視船です（大海に浮かべばしょせん金属の箱）
　「飛び乗って取り抑えよ」と指示を出すとりもなおさずわれの声音で
　本当は誰かが縋っていた筈の救命浮環を拾い上げたり
　海鳴りにひれ伏しながら眠る夜に回り続けている羅針盤
　沈みゆく舟が底（そこい）に刺さるまで何もできずにいたことがある
　こわれても修理をすればよい船とこわれたままで働く心

危機的な事態の詳細は不明だが、大時化（しけ）のあとに救助できなかった舟や人々、あるいは違法の船を眼前にした現場が想像できる。そうして、任務を果たした末に、船は修理できるが「こわれたままで働く心」はどうしようもないと知るのである。さりげなく作られているが、「沈みゆく舟が底に刺さるまで」という描写はどうだろう。リアルな描写でありながら、比喩に達する力量が伝わってくる。そのゆえに、軽やかな口語も上滑りしなかったのだろう。

堤防に雪は積もれり春までは誰も踏まない長き白線

バンドネオン奏者がふいに手を止めて「ようこそ！」と言いまた弾き始む

海鳥の名を知らぬゆえ「聞いてくれ、鳥よ」と語りかけるほかなし

言葉とはしずかに置いてゆくものと思えどふいに燃ゆることあり

はつなつの空を記せば罫線をはみだしている「光」の文字（もんじ）

これ以上東はないという街で荷をほどくとき少し明るむ

剥製の鹿の肌（はだえ）に射すひかり死後のからだがまたあたたまる

いずこにも出口の見えぬ海のうえ方位磁石がぐるぐる回る

ひまわりが咲き始めたらこの旅を終わりにしたくはないか、水夫長

雨上がりの金属片にうつし見る空、ほんとうの青さのように

二〇一四年までの歌を引いた。まるで口笛でも吹くかのように柔らかい。雪に埋もれた港や、雪の降り続ける海上、そうして小さな港町。そのような背景を想像して欲しい。その地で育っていたひんやりとした抒情の歌である。とりわけ、何でもない素材を歌に生かす描写が巧みだ。「バンドネオン」「はつなつの」「これ以上」「剝製の」「雨上がり」などの歌には、つい二度読みさせる深みが潜んでいる。選歌しながら心惹かれた歌群であった。

さらに特色をあげるとすれば、誰とも知れぬ「君」へ送る歌が多いことである。主として「手紙」の言葉がモチーフになっている。そのいくつかを引いておきたい。

便箋をひらけばわれに届きたるほんの少しの愛に似たもの

水鳥のはがきを胸のポケットに入れて歩めり濡れた坂道

夕焼けがこわいのですか夕焼けを見ていることがこわいのですか

霊園のさくら芽吹きぬそれぞれが隠しとおした言葉のごとく

雪の絵の切手を貼りて新月の夜のポストに葉書を入れぬ

二〇一五年以降になると、暗く重い感じの歌が目につくようになる。送られてくる歌を見て、ふと気になるところであった。

両の手の節榑立っているところ　いつか誰かに拾わるる骨
燃やしても記憶のなかに蘇る君、道づれに暗い海へゆく
みな何処へ泳ぐのだろう湖に浮かぶ君から離れて浮かぶ

「燃やしても」の一首、燃やしたのは手紙だろう。だが、記憶のなかの「君」を道連れにするという。いかにも情念の濃い歌だ。柔らかな語り口を用いている根底に、低く渦巻く暗がりを見るようであった。「みな何処へ」の一首が、最後に送られてきた歌だった。この歌によって、頻出する「君」とは、誰とも知れない、遠い彼方にある光そのものだったように思われた。

「古き世に何があったか知らねども土偶の口がひらいておりぬ」など、ユーモアのある歌も散見する歌集。忘れがたい歌の詰まった『羅針盤』が、多くの人の心にとどまるよう願うばかりである。

二〇一七年九月

あとがきに代えて

これは、夫の生涯一冊の歌集です。

未来に入会してから亡くなるまでの三年八ヶ月の間の作品から、佐伯裕子先生に三五二首を選歌していただきました。

タイトルの「羅針盤」は二〇一四年の未来賞に応募した作品タイトルからとりました。

夫は海上保安官でした。その職業柄、仕事の歌を作ることは意識して避けていましたが、敢えてそれに向き合ったのが、歌集『羅針盤』でした。

逃げ場のない海の上で、常に厳しい自然に苛まれ、命と向き合う。そんな苛酷な現場に生きていた証です。

夫は正に、寝ても覚めてもいつでもどこでも、頭の中は短歌でいっぱいの人でした。明け方突然「今、良いのが浮かんだ」と言ってむっくり起き上がっては、朝まで原稿用紙に向かっていたことも何度もありました。出かけるときには常に「未来」と歌集を一〜二冊は持って歩くので、かばんはいつも重くてパンパンでした。

そんな夫に、歌集を出したいかと何気なく訊ねたのは、亡くなる数か月前のことでした。

答えは「いつかはね」。もっとたくさん作品を作り続けた先に、納得のゆくものを、と思っていたのでしょう。はたしてここで本にしてよいものか、随分悩みましたが、多くの方が背中を押してくれました。

「あこがれの砂子屋書房から歌集を出す」という彼の夢を実現できたこと、きっと喜んでいると思います。

最後になりましたが、佐伯裕子先生には、お忙しいところたくさんのアドバイスをいただき、解説も快くお引き受けいただきました。心より感謝申し上げます。本当にありがとうございました。

砂子屋書房の田村雅之様、装丁の倉本修様、すばらしい歌集を作っていただき厚くお礼申し上げます。ありがとうございました。

二〇一七年九月二十三日

本川和美

歌集　羅針盤

二〇一七年一一月二五日初版発行

著　者　本川克幸（もとかわ　かつゆき）
著作権継承者　本川和美
札幌市北区新川六条一六丁目二―一―三二〇二（〒〇〇一―〇九二六）
発行者　田村雅之

発行所　砂子屋書房
東京都千代田区内神田三―四―七（〒一〇一―〇〇四七）
電話　〇三―三二五六―四七〇八　振替　〇〇一三〇―二―九七六三一
URL http://www.sunagoya.com

組　版　はあどわあく

印　刷　長野印刷商工株式会社

製　本　渋谷文泉閣